CHANTS

Héroïques.

IPSARA. — MORT DE BONCHAMP.

Par

J. G. CAPPOT DE FEUILLIDE.

À Toulouse,

DE L'IMPRIMERIE DE F. VIEUSSEUX,

RUE SAINT-ROME, NUMÉRO 46.

1825.

CHANTS
HÉROÏQUES.

HÉROÏQUES.

Ipsara. — Mort de Bonchamp.

PAR

E. E. Cappot de Feuillide.

À Toulouse,
de l'Imprimerie de F. Vieusseux
Rue St.-Rome, n.º 46.

1825.

Ipsara.

Il est beau, quand le sort nous plonge dans l'abîme,
De paraître le conquérir !

LEBRUN. — Ode au vaisseau *le Vengeur.*

Les désastres d'Ipsara font frémir. Une foule innombrable de femmes, d'enfans, de vieillards fut égorgée, et la mer apporta les cadavres mutilés aux vaisseaux français mouillés sur ces tristes parages. Sept mille têtes de Grecs, plantées sur des piques ou attachées aux mâts des vaisseaux Turcs, traversèrent l'Archipel et furent envoyées à Constantinople pour décorer les portes du sérail...... Et cependant l'Europe chrétienne a des ambassadeurs dans la ville de Constantin ! Le capitan-pacha rassasié de carnage, et reculant, comme épouvanté, devant le nombre des victimes, offrit à ses spahis une somme d'or pour chaque prisonnier qu'ils feraient. Quelle clémence ! Quel peuple que celui à qui il faut des

cadavres ou des esclaves! Le cœur ne se repose de
son indignation que pour admirer le dévouement
sublime des Ipsariotes qui, trahis et sans espoir
de vaincre, se renfermèrent dans l'église Saint-
Nicolas, où, après avoir chanté les louanges du
Dieu pour lequel ils avaient combattu, ils se
firent sauter avec leurs ennemis. Quel cœur si
mal fait n'a applaudi à la reprise d'Ipsara et aux
justes représailles de la Grèce?

Je laisse la politique glacée de l'Europe n'apporter aucun intérêt actif à une lutte aussi sacrée.
L'Europe fait bien de rester oisive si *des nécessités
politiques* l'empêchent de reconnaître l'indépen-
dance de la Grèce: car encore vaut-il mieux que la
Grèce périsse que si, comme on l'a déjà dit, le
bâton y faisait tous les jours des renégats ou des
esclaves. Oui, que les hommes froids ou blasés,
qui ne consultent que l'intérêt du moment, gar-
dent le silence, dans la crainte de se compromettre

ou de déplaire à quelque *puissance humaine ;* que
nos diplomates s'enfoncent encore dans les voies
tortueuses des intrigues ; que nos hommes d'état
soient absorbés dans des calculs de finances , et
qu'ainsi il leur reste à peine assez de temps pour
jeter un regard , même de curiosité, sur les in-
fortunes d'un peuple qui se régénère; pour moi,
chrétien et poëte, pour pleurer sur la Grèce, pour
chanter ses efforts ou pour l'encourager , je n'ai
pas attendu que tel ou tel cabinet de l'Europe ait
lancé un manifeste plus ou moins favorable à une
cause aussi sainte. Je chante la Grèce , je fais des
vœux pour elle , parce qu'en réagissant contre
l'esclavage abrutissant de l'Asie ses enfans com-
battent pour leur *légitimité :* Dieu , la patrie, la
liberté ! Ils n'en reconnaissent pas, ils ne peuvent
pas en reconnaître une autre. Des siècles obscurs
en passant sur la cendre de Léonidas n'ont pas
laissé après eux le droit de courber ses descendans
sous le bâton. Est-ce qu'il y aurait prescription

contre les droits imprescriptibles de l'humanité?
Est-ce que les Grecs par leur silence, je dis même
volontaire, se sont dépouillés du droit de récla-
mer contre leur honteuse servitude? Non, sans
doute. L'homme ne peut pas plus aliéner sa liberté
et les droits qui en dérivent, qu'il ne peut rejeter
loin de lui la vie qu'il a reçue de Dieu. La liberté,
c'est la vie des peuples. Malheur! malheur à celui
qui commettrait ainsi sur lui-même cet épouvan-
table suicide moral! Mieux vaudrait qu'il n'eût
jamais existé que de vivre abaissé et avili. Il ne
mériterait pas de tenir son rang dans les annales
des nations, et les nations devraient porter contre
lui un décret infâmant qui défendît de prononcer
son nom, comme autrefois il fut défendu de
prononcer le nom de l'insensé Erostrate, mille
fois moins insensé.

Non belle et noble Grèce, antique berceau des
arts, toi qui fus la lumière et la vie du monde;

non, tel ne sera pas ton sort. Tu te relèves violemment, parce que tu fus violemment courbée.
Marche avec assurance à ton affranchissement.
Que ceux qui ne pèsent que par A plus B les
chances de la guerre doutent de tes succès; pour
moi qui ai senti ma pensée s'élever jusques aux
cieux au bruit de tes efforts, et qui ai puisé à
cette source l'enthousiasme que tu m'inspires,
moi, je ne doute pas de ton triomphe parce que
je sais combien est fort tout un peuple qui sait
mourir. Non, je ne crois pas que Dieu délaisse
celui qui combat pour sa religion et sa liberté,
ces deux filles du ciel, sœurs inséparables, sur
lesquelles reposent les destinées des empires et
du monde.

IPSARA.

Il reste au cœur né libre une sainte espérance.
Il est un meilleur monde, où, joyeux, il s'élance
Quand il sait défier la foudre et les revers,
Quand les transports sacrés de son brûlant délire
S'allument au bûcher où la patrie expire,
    Secouant le poids de ses fers.

Oh! quelle âme attendra que le temps l'ait flétrie,
Si, d'un vol courageux, belle et pleine de vie,
Des caprices du sort elle peut s'affranchir?
Honte à qui vieillirait dans un troupeau d'esclaves!
Quand le jour est venu de briser ses entraves,
    Honte à qui ne sait pas mourir!

Alcide, consumé par sa robe sanglante,

Trop certain de sa mort, la vit sans épouvante ;

Pour son grand sacrifice il prépara l'autel.

Le voyez-vous saisir la torche incendiaire,

Et, se livrant lui-même au bûcher funéraire,

      Mourir..... pour renaître immortel ?

Sous ses toits embrasés, échappant à la honte,

Aux champs Ibériens, s'ensevelit Sagonte.

D'un peuple qui meurt libre entendez-vous les cris ?....

Il s'appartient encor comme aux jours de sa gloire.

D'Annibal triomphant il trompe la victoire,

      En ne laissant que des débris.

Ainsi meurent tes fils, Grèce ressuscitée.

Toi, que chantait Byron ; toi, qu'enflamma Tyrtée.

Prête moi leurs accens pour dire tes malheurs.

Que me fait que l'Europe ou t'accuse ou t'admire ?

C'est ton Dieu que tu sers ; c'est le mien !.... Il m'inspire

      Des chants contre tes oppresseurs.

Ils foulent dans la cendre et ta gloire et ta vie.
Libre sous tes faux dieux, et, chrétienne, asservie,
Quand tu veux être libre on te laisse mourir.
A tes frères du Nord tu demandes des armes;
De la pitié peut-être ils t'accordent les larmes,
 Mais ils n'osent te secourir.

Ne conservais-tu donc tes fontaines sacrées,
Ton poétique ciel, tes plages illustrées,
Que pour te voir en proie aux visirs avilis?
Dis-nous si tes beaux-arts, si ta première gloire
Dans l'oubli du passé, tels qu'une antique histoire,
 Devaient rester ensevelis?

Peuple Grec, sois loué! Rentrant dans la carrière,
Ton bouclier vivant, ta jeunesse guerrière,
Sort enfin de la nuit des siècles écoulés;
Contre le Musulman, terrible, elle s'avance;
Et tes illustres morts, aux cris de sa vengeance,
 Dans leurs tombeaux sont consolés.

Venge ta servitude et ta gloire flétrie.

Tout peuple doit s'armer pour sauver sa patrie.

Celui qui la défend, s'il consent à périr,

Frappe, aux champs de la mort, des coups plus redoutables

Que ne font les soldats des tyrans implacables,

     Réunis pour la conquérir.

La Grèce t'appartient : tu la peuples de braves.

Tes droits n'ont pas prescrit sous le joug des esclaves.

Lève-toi : ceins le glaive en ta mâle fierté,

Et que la croix, debout sur le bronze qui gronde,

Protège encore un jour, à la face du monde,

     Le combat de la liberté.

Voilà tes ennemis, et voilà le rivage

Où leurs mille vaisseaux t'apportent l'esclavage.

De leurs flancs embrasés la foudre éclate et sort....

Sur toi tombent ses feux, Ipsara malheureuse,

Tu dormais aux longs bruits de la vague amoureuse,

     Et ton réveil sera la mort.

O vierges d'Ipsara, vierges aux tresses blondes,
A l'heure où le soleil se lève sur les ondes,
Dans vos bosquets en fleurs plus de tendres sermens ;
Plus de cantiques saints sur la harpe sonore ;
Vous ne devez plus voir les rayons de l'aurore
    Frapper vos pieux monumens.

Sur la plage, où l'airain laisse de larges traces,
Sont tombés vos guerriers. D'autres prennent leurs places :
Le vieillard se ranime et combat dans les rangs ;
Les mères ont banni de honteuses alarmes,
Et, du soldat qui meurt ressaisissant les armes,
    Meurent sur leurs fils expirans.

Des morts amoncelés les vagues écumantes
Roulent avec horreur les dépouilles sanglantes.
L'ombre du vieil Egée en frémit sur ses flots....
Et les corps dispersés de toutes ces victimes
Iront, sur d'autres bords, d'abîmes en abîmes,
    Epouvanter nos matelots.

2

Voyez au haut des mâts ces têtes dégoûtantes,
Ces membres déchirés, et ces chairs palpitantes
Dont le sang, à grands flots, rougit les pavillons !....
Ce sont là les plaisirs des cruels janissaires....
Pitié! voile ton front. Chrétiens! vengez vos frères,
      Vengez les droits des nations !

Oui, de l'or aux bourreaux pour payer leur clémence !
Et leur chef a promis d'acheter l'existence
De chaque Grec vivant ramené des combats.
Pacha ! garde ton or, laisse la mort au brave :
Mourir libre est plus doux que de vivre en esclave !....
      Les Grecs attendent le trépas.

Epuisés, peu nombreux, mais toujours intrépides,
Ils bravent du vainqueur les bataillons rapides.
Bientôt, tels qu'un lion, pressé de toutes parts,
Qui marque en traits de sang sa course sur la terre,
Mais qui, terrible encor, entre dans son repaire,
      Les Grecs entrent dans leurs remparts.

Un temple les reçoit. Entendez dans l'enceinte :

« Chrétiens, il faut mourir ! que notre mort soit sainte.

» Le Seigneur nous délaisse : humilions nos fronts.

» Imitons de Souli l'immortel sacrifice.

» Dieu des chrétiens, descends sur cet autel propice :

  » Aux cieux nous te retrouverons. »

Et tous priaient leur Dieu. Mais, sous la voûte sombre,

Des soldats sont venus pour embrâser dans l'ombre

Le soufre et le salpêtre entassés sous leurs pas.

Du temple avec orgueil les Grecs couvrent le faîte.

Mais pourquoi chantent-ils ?... Dieu ! quels motifs de fête....

  Les Musulmans et le trépas ?

— Qu'ils viennent ! ont-ils dit. — Le Turc les environne.

Le salpêtre soudain s'allume, éclate et tonne ;

Tout périt abîmé dans un gouffre de feux.

Chrétiens et Musulmans, par les foudres ardentes,

Avec les murs détruits et les cendres brûlantes,

  Sont enlevés jusques aux cieux.

Reculant sur ses bords, la mer épouvantée
Bat de ses flots pressés la plage ensanglantée ;
Le mont tremble et mugit ; et, sur l'astre du jour
L'œil fixé, du sommet de son roc solitaire,
L'aigle a jeté des cris, et, fuyant de son aire,
  Quitte les fruits de son amour.

Eh bien, farouche Aly, qu'as-tu fait de ta proie ?
Sur ton front sourcilleux laisse éclater ta joie ;
Pourquoi détournes-tu tes regards effrayés ?
Invite le sérail à voir ces funérailles.
Viens compter tes soldats, épars sous ces murailles
  Et mêlés aux Grecs foudroyés.

Tu fuis... il n'est plus temps : — Vengeance ! a dit la Grèce ; —
Et ses fils, répondant à son cri de détresse,
Accourent te chasser de leurs débris sanglans.
Souviens-toi de Chio ; vois, sur la mer profonde,
Vois ces légers esquifs, courans, volans sur l'onde :
  L'incendie habite leurs flancs.

Torches de Canaris ! les Turcs vous reconnaissent.

Sous les flots, dans les airs, les feux vengeurs renaissent.

— Lâches, ralliez-vous ! Défendez vos vaisseaux !

Mais contre la valeur le nombre est inutile,

Et les Grecs vous ont dit : vous n'aurez pas d'asile

      Sur le vaste abîme des eaux. —

Poursuis, peuple martyr que l'on n'ose défendre !

Puisses-tu pour jamais renaître de ta cendre !

Mais si tu dois tomber sous un dernier effort,

Ne laisse aux Musulmans qu'incendie et ravage :

Ils n'imposeront pas leurs dieux ou l'esclavage

      A l'autel fumant de la mort.

La Mort de Bonchamp.

..... Quomodò cecidit potens qui salvum
faciebat populum Israël ?

MACH., liv. I., chap. 9.

BONCHAMP , blessé à mort de plusieurs coups de feux dans la poitrine, lorsqu'à la bataille de Chollet , pour protéger la retraite des paysans vendéens , il se précipita dans les rangs de l'armée républicaine ; Bonchamp , porté par ses soldats au milieu de la population entière de la Haute-Vendée, fuyant vers la Loire d'où elle devait aller se perdre dans les forêts de la Bretagne; et surtout , Bonchamp mourant et obtenant la vie de six mille prisonniers républicains, dont ce même peuple , qui voulait user de représailles , demandait l'égorgement à grands cris , offre un des tableaux les plus touchans d'une guerre si extraordinaire sous tant de rapports. Le désespoir de tout un peuple chassé de ses foyers; ses regrets sur le Héros en qui il avait le plus de confiance et qui mourait pour lui ; ses cris de vengeance et de mort ; et , au milieu de tant de scènes de désolations , Bonchamp apparaissant comme un ange sauveur , tout cela devait inspirer une muse française. Heureux , si j'ai dignement célébré le guerrier et le chrétien fidèle à son Dieu et à son Roi !

La Mort

de Bonchamp.

Lorsque, dans les accès d'un coupable délire,
Un peuple novateur lui-même se déchire,
Et dans le sang des Rois renverse ses autels;
Parfois, pour accomplir les décrets éternels,
Une tribu, restée aux vieilles mœurs fidèle,
Se lève du milieu de la race rebelle,
Et meurt, en protestant de l'amour pour son Roi,
Et de l'antique honneur, et de l'antique foi.
Telle fut la Vendée, où l'homme du Bocage,
Seul, contre nos tyrans sut armer son courage,

Et, de sa longue lutte étonnant l'univers,
Rapporta tout à Dieu : sa gloire et ses revers.

Oui, si j'avais reçu la lyre du génie
Et des chants inspirés l'ineffable harmonie,
Peuple, deux fois martyr de ta fidélité,
Oui, je consacrerais à l'immortalité
Ces hameaux, ces déserts aux rives de la Loire
Où sont empreints les pas du géant de ta gloire. (1)

Salut, terre fidèle et fertile en héros !
Peuple de la Vendée, honneur à tes tombeaux
Que la fille des Rois a baignés de ses larmes ! (2)
Voilà donc tous les lieux illustrés par tes armes.....

Là, combattait Stofflet ; là, d'Elbée accourut ;
Là, Charette vainquit ; Lescure, ici, mourut.
Là, pour armer ton bras ou protéger ta tête,
Du fer républicain tu faisais ta conquête ;
Là, sous Cathelinau, tombèrent les remparts
Où Saumur rappelait tous nos tyrans épars ;
Ici, tu les chassais de tes pauvres chaumières,
Et tu tournais contre eux leurs foudres meurtrières.

Voilà les bois épais, les abris de rocher

Où tes rangs éclaircis savaient se retrancher.

Là, lion indompté, te guidant au carnage,

La Rochejaquelein harangua ton courage :

« Si j'avance, dit-il, avancez sans effroi ;

» Tuez-moi, si je fuis ; si je meurs, vengez-moi ! » (3)

Ici..... mais la victoire échappe aux Machabées.

De leurs sanglantes mains les armes sont tombées.

Sur eux, de l'ennemi les lointains bataillons, (4)

Ralliés tout-à-coup, fondent en tourbillons.

Accablés par le nombre, en vain leurs rangs se pressent ;

Sous les pieds des chevaux en vain ils se redressent ;

Ils luttent corps à corps, ils frappent du poignard.....

— Braves ! pour triompher il est déjà trop tard.

Fuyez, ne cherchez plus un trépas inutile :

Au-delà de la Loire il vous reste un asyle,

D'autres bois, d'autres champs, pour vos nouveaux combats ;

Là vous souleverez un peuple de soldats :

Fidèles comme vous, les Bretons vous attendent ! —

Sur les rives du fleuve alors ils se répandent.

Mais quel est ce guerrier qu'ils suivent en pleurant,

Et que sur des drapeaux ils portent expirant ?

Un prêtre le console, il lui parle et l'écoute ;

Et lui, sans être ému, voit tomber , goutte à goutte ,

Les restes épuisés de son sang généreux ,

Et la mort s'attacher à ses flancs douloureux.

Oubliant leurs revers et leurs propres alarmes ,

Ses amis , ses soldats mouillent ses mains de larmes ;

Le glaive des guerriers , à son auguste aspect ,

Une dernière fois , s'incline avec respect.....

C'est Bonchamp, retiré du milieu du carnage.

C'est ce héros chrétien dont le noble courage ,

Protégeant ses soldats sur des monceaux de morts ,

Leur avait fait long-temps un rempart de son corps ,

Et qui , percé de coups dans ce combat funeste ,

Du peuple Vendéen voulait sauver le reste

Poursuivi par la foudre et le fer des vainqueurs.

Dieu ! qui retracera tant de scènes d'horreurs ?....

Tout un peuple proscrit : des enfans et des femmes ,

Des prêtres , des vieillards fuyant leurs toits en flammes ,

Et des soldats poussés sur de sanglans débris.....

A ce tumulte affreux , à leurs lugubres cris ,

Succède quelquefois un silence farouche.

Ils admirent Bonchamp sur sa funèbre couche ;

Ils attestent le ciel ; ils pleurent le héros ,

Et leurs regrets amers s'exhalent en ces mots :

« Il a roulé sur la poussière ,

Pour nous il a voulu périr.

Soldats ! prions pour le martyr :

Il cueille sa palme dernière.

Incline ta blanche bannière ,

France ! le héros va mourir.

Il meurt... ah ! le Dieu des batailles

De nous détourne ses regards.

Qui donc au sein des funérailles

Relevera nos étendards ? (5)

Pareils aux exilés sur les plages lointaines ,

Des aïeux , aux rives prochaines ,

Nous n'emportons pas les tombeaux.

Loin des toits sacrés de nos pères ,

Nous irons mendier les secours de nos frères ,

Sous nos étendards en lambeaux.

Celui qui des tyrans a trompé la vengeance

En vendant ses riches sillons

Pour secourir notre indigence ,

Quand le feu dévorait l'espoir de nos moissons ; (6)

Celui qui visitait le blessé sous la tente ,

Qui consolait la veuve et lui donnait du pain ,

Reprochait aux guerriers leur valeur imprudente , (7)

Et qui mêlait ses pleurs aux pleurs de l'orphelin ,

      Vient de rouler sur la poussière ;

      Pour nous il a voulu périr.

      Soldats ! prions pour le martyr :

      Il cueille sa palme dernière.

      Incline ta blanche bannière ,

      France ! le héros va mourir. »

———————

Les prières , les pleurs , les regrets se confondent.

Mais de longs cris de mort tout-à-coup y répondent :

« Vengeons-le ! vengeons-nous , dit le peuple en fureur :

Meurent ceux qui suivaient le parti du vainqueur ,

Tous ceux qu'ont épargné nos bras dans les batailles ,

Ces milliers de captifs traînés dans nos murailles ,

Et que dans notre exil nous n'entraînerons pas.

Pourquoi donc vivraient-ils ? attachés à nos pas ,

On les verrait bientôt , dans leur rage impunie ,

Nous apporter la mort pour nous payer leur vie. (8)
Que de fois , au mépris des droits les plus sacrés ,
Nos frères , dans les fers , ont été massacrés !
Quoi ! nos fils , écrasés au seuil de nos cabanes ,
Nos temples , usurpés pour des cultes profanes ,
Nos prêtres , nos vieillards lâchement égorgés ,
Quand nous vivons encor , ne seraient pas vengés !!...
Mort aux républicains ! » Ils disaient : Et la terre
Retentit sous le poids de leur dernier tonnerre.
Ils entraînent leurs chefs , leurs soldats effrayés ,
Et six mille captifs vont être foudroyés.

Mais à ces cris , Bonchamp , sur ses drapeaux en poudre ,
A soulevé son corps sillonné par la foudre ,
Déchiré par le fer , et dans le sang baigné.
Promenant sur le peuple un regard indigné ,
Il ranime l'accent de sa voix défaillante ,
Et les bras étendus sur sa couche sanglante :
« D'un si noir attentat ne souillez pas vos mains ,
Dit-il ; n'imitez pas nos tyrans inhumains.
Français ! ne vengez pas des crimes par des crimes :
Ou vous serez maudits ; ou le sang des victimes
Retombera sur vous et sur vos descendans.
Combattez !... mais laissez les forfaits aux tyrans.

3

'O peuple de mon Roi! soldats, vengeurs des temples !
Chrétiens! le Roi martyr nous lègue ses exemples :
Il souffrit plus que nous, fut plus humilié,
Il pardonna pourtant !... l'avez-vous oublié ? »

Cette voix, tour-à-tour menaçante et plaintive,
Qu'écoutait, en tremblant, une foule attentive ;
Ces accens solennels d'un cœur religieux,
Parlant d'humanité sur la porte des cieux,
Font succéder le calme aux transports de la rage :
Tel, à la voix de Dieu, se dissipe un orage.
La foudre est détournée, et le peuple attendri,
Maudissant sa fureur, fait retentir ce cri :
« Grâce, grâce ! aux captifs il faut que l'on pardonne :
 C'est Bonchamp qui le veut! c'est Bonchamp qui l'ordonne! »

Silence, maintenant ! le héros va mourir.
Comme un dernier rayon du jour, près de finir,
Qui se glisse, incertain, à travers le feuillage ;
Comme un adieu plaintif de l'onde à son rivage,
Un sourire dernier, et vainqueur de la mort,
Des lèvres du héros vint effleurer le bord.
Etait-ce qu'il crut voir dans la voûte éternelle

Les anges préparer sa couronne immortelle ?
Ou bien entendait-il, dans le vague des airs,
Les chants harmonieux des célestes concerts ?....

Près de son lit de mort, pâles, versant des larmes,
Les guerriers sont debout appuyés sur leurs armes.
Les prêtres du Seigneur chantent l'hymne pieux,
Commencé sur la terre, achevé dans les cieux.
Mais le héros n'est plus..... L'airain sacré soupire ;
Et le peuple en prière au temple se retire (9).

Héros chrétien, martyr d'un noble dévoûment,
Ta cendre, bien des jours, resta sans monument !
Elle n'est plus, enfin, proscrite ou méconnue :
Le bronze a respiré, la toile s'est émue
Pour garder de ton nom l'immortel souvenir
Et retracer tes traits aux siècles à venir (10).
Les Rois à ton cercueil ont porté des offrandes ;
Les soldats des lauriers ; les peuples des guirlandes ;
Et moi, de la fortune enfant deshérité,
Je n'avais que mon luth, Bonchamp, je t'ai chanté !

Notes.

––––––––––––

(1) Buonaparte qui se connaissait en choses extraordinaires, avait surnommé les Vendéens *le peuple de Géans*.

(2) Voyage de Madame la Dauphine, alors duchesse d'Angoulême, dans la Vendée, où cette auguste Princesse fléchit le genou sur les tombes Vendéennes, et reçut de ce peuple héroïque tant de témoignages d'amour.

(3) L'antiquité ne nous a pas transmis de plus belle harangue que ces belles paroles de Henri La Rochejaquelein à ses soldats : « Si j'avance, suivez-moi; si je recule, tuez-moi; si je meurs, vengez-moi ! » (Vicomte de Châteaubriand).

(4) La Convention épouvantée fit marcher contre les Vendéens les soldats de la garnison de Mayence; c'est à eux que Beaupuy et Westermann dûrent la victoire de Chollet.

(5) « Bonchamp était de tous les chefs des Vendéens celui en
» qui ils avaient le plus de confiance, qu'ils aimaient le mieux
» et qu'ils suivaient le plus volontiers. » (Extrait d'une lettre
d'un représentant du peuple à la convention , citée dans la notice
sur la Vendée par le vicomte de Châteaubriand.)

(6) Bonchamp vendit le patrimoine de ses pères pour soutenir
ses compagnons d'armes. (Vicomte de Châteaubriand.)

(7) Il adressa un jour des reproches sévères au jeune et étonnant Henri de la Rochejaquelein, parce qu'avec trente hommes
Henri s'était glissé dans les genêts pour compter à ses bivouacs
l'armée républicaine. (Genoude, voyage dans la Vendée.)

(8) Les pressentimens de ce peuple ne le trompaient pas. A
peine l'armée Vendéenne eut-elle passé la Loire , que les prisonniers sauvés par Bonchamp tournèrent contre elle les armes qu'elle
avait laissées à Saint-Florent.

(9) C'est au hameau de la Meilleraie que mourut Bonchamp.

(10) Pendant long-temps on vit dans l'église du Hameau un
prêtre, une femme en deuil et quelques paysans qui priaient
sur une tombe sans nom. Cette tombe ignorée renfermait les
restes du brave Bonchamp ; ce prêtre, était celui qui lui avait
rendu facile le passage de la terre aux cieux ; cette femme, était
la veuve du héros ; et ces paysans, étaient de pauvres Vendéens

qui venaient en pélerinage rendre hommage aux mânes de leur général. Aujourd'hui, les Bretons à Varades, et les Vendéens à Saint-Florent, au lieu même où les six mille prisonniers furent sauvés, ont élevé un monument à Bonchamp; et le peintre célèbre, dont les beaux-arts déplorent encore la perte, Girodet, a fait le portrait de ce général que l'appréciateur des vertus Vendéennes, notre Roi, Charles X, a destiné à faire partie de la galerie de Saint-Cloud.

www.ingramcontent.com/pod-product-compliance
Lightning Source LLC
Chambersburg PA
CBHW060837180626
46818CB00004B/1491